LES DINONOUS

Sortie de classe!

Pour Mutti
— S.M.

Catalogage avant publication de la Bibliothèque nationale du Canada

Metzger, Steve

 Sortie de classe! / Steve Metzger ; illustrations de Hans Wilhelm ;
 texte français de Isabelle Allard.

(Les Dinonous)
Traduction de: Dinofours, it's class trip day.
Pour enfants de 3 à 6 ans.
ISBN 0-439-97551-4

I. Wilhelm, Hans, 1945- II. Allard, Isabelle III. Titre.
IV. Titre: Dinonous : sortie de classe!. V. Collection.

PZ23.M487Sor 2003   j813'.54   C2002-904834-6

Édition publiée par Les éditions Scholastic,
175 Hillmount Road, Markham (Ontario) L6C 1Z7.

5 4 3 2 1   Imprimé au Canada   03 04 05 06

ES DINONOUS

Sortie de classe!

Steve Metzger
Illustrations de Hans Wilhelm

Texte français d'Isabelle Allard

Les éditions Scholastic

Aujourd'hui, les Dinonous vont faire une sortie!
Mme Dé réunit tout le monde sur le tapis, dans le coin de la classe.
— Formons un cercle, dit-elle.

4

Chacun choisit un endroit où s'asseoir sur le tapis.

— Brendan, tu es trop près, dit Tara. Tu es assis sur ma jambe!

— Il n'y a pas de place, répond Brendan. Pousse-toi un peu.

— Reculez-vous pour faire un plus grand cercle, dit Mme Dé.

Les enfants se reculent.

— C'est mieux comme ca, dit Mme Dé. Maintenant, qui peut me dire ce que nous allons faire aujourd'hui?

Les Dinonous lèvent tous la main. Mme Dé fait signe à Tracy.

— On va marcher dans les bois jusqu'à la mare Dino, dit Tracy.

— On va voir des canards et des grenouilles! s'écrie Joshua.

— Et le plus gros arbre du monde! lance Danielle d'une voix forte.

— Oui, Danielle, dit Mme Dé. Certains disent que le vieux chêne près de la mare Dino est le plus gros arbre du monde.

— C'est vrai, dit Albert d'une voix douce. Mon papa me l'a dit.

— Madame Dé! Madame Dé! s'écrie Brendan. Est-ce qu'on va manger là-bas? Ma maman m'a fait trois sandwichs au beurre d'arachide et à la confiture.

— Oui, dit Mme Dé en souriant. Nous allons manger en arrivant à la mare.

Soudain, Mme Dé remarque que Tara a la tête baissée.

— Tara, tu es bien silencieuse, ce matin, dit-elle. Qu'est-ce que tu vas voir à la mare Dino, d'après toi?

— Ça ne m'intéresse pas! dit Tara. Je ne veux pas y aller!

— Ah non? dit Mme Dé. Pourquoi?

— Il fait trop chaud. Il y a trop d'insectes. Et vous ne raconterez pas d'histoire à cause de cette sortie stupide.

— Je pourrai vous raconter une histoire si nous revenons assez tôt, dit Mme Dé. Et qui sait? Peut-être que tu vas t'amuser?

— Non, dit Tara.

— Nous verrons, dit Mme Dé en jetant un coup d'œil à l'horloge. C'est le temps de partir. Danielle, c'est à ton tour d'être à l'avant de la file.

— Youpi! dit Danielle. Je veux Tracy comme partenaire.

Mme Dé aide les autres enfants à se choisir un partenaire. Tous les Dinonous forment une file devant la porte. Tara voulait être avec Joshua, mais il est déjà avec Albert. Brendan est le seul qui n'a pas de partenaire, et Tara ne veut pas être avec lui. Cette sortie est vraiment ratée.

— N'oubliez pas les règles de sécurité, dit Mme Dé en mettant les repas dans un grand sac. Vous devez toujours tenir la main de votre partenaire. Et vous ne devez jamais, jamais vous éloigner du groupe.

Les enfants traversent le terrain de jeu et prennent le sentier qui mène à la mare Dino.

— Pendant cette promenade, transformez-vous en naturalistes, dit Mme Dé. Ouvrez grand les yeux et les oreilles!

— Tout ce que je vois, ce sont des maringouins, dit Tara. Je les déteste!

— Qui voit autre chose? demande Mme Dé.

— Je vois des fleurs, dit Joshua.

— Moi, je vois des nuages blancs, dit Tracy.

— C'est bien, dit Mme Dé. Entendez-vous quelque chose?

— J'entends des branches qui craquent sous mes pieds, dit Danielle.

— J'entends un grondement, dit Brendan. Je pense que c'est mon ventre. Est-ce qu'on mange bientôt?

— Non, Brendan, pas tout de suite, dit Mme Dé. Un peu de patience, s'il te plaît.

13

Tara commence à chanter :

Il fait chaud, il y a des bestioles,
je ne veux pas aller à la mare!
Je veux retourner à l'école
pour écouter une belle histoire.

Après avoir marché encore un peu, les Dinonous arrivent à la mare.
— On est arrivés! crie Tracy.

Tous les Dinonous poussent des cris de joie. Sauf Tara.

— Est-ce qu'on mange? demande Brendan.

— Pas tout de suite, répond Mme Dé.

Tout le monde s'approche du bord de la mare et regarde dans l'eau. Tous les enfants montrent du doigt des grenouilles et des tortues. Sauf Tara.

— Regardez comme ce chêne est haut, dit Mme Dé.
Ils regardent tous en haut, pense Tara, *alors, je vais regarder en bas*.

16

En baissant les yeux, elle voit quelque chose qui bouge par terre. Elle s'approche et entend des pépiements d'oiseaux. C'est un nid! Il y a trois oisillons dedans!

Les autres Dinonous sont toujours en train de regarder l'arbre.

— Il y a un trou dans l'écorce, dit Joshua.

— Peut-être qu'un écureuil vit dedans, dit Danielle.

— Je ne vois pas le trou, proteste Albert. Il y a une branche devant.

— Reculez un peu pour que tout le monde puisse voir, dit Mme Dé.

Les enfants commencent à reculer.
— Arrêtez! crie Tara du plus fort qu'elle peut.

Mme Dé s'approche d'elle.

— Qu'est-ce qui se passe? lui demande-t-elle.

— Il y a un nid d'oiseau par terre, dit Tara. Avec des oisillons. Je ne veux pas que quelqu'un marche dessus.

— Regardez-moi ça! s'exclame Mme Dé. Tu as raison, Tara. Comment as-tu su qu'ils étaient là?

— J'ai vu quelque chose bouger sur le sol, dit Tara. Et je les ai entendus pépier.

— Bravo, Tara! dit Mme Dé. Tu es une vraie naturaliste. Tu as su ouvrir les yeux et les oreilles.

Pour la première fois ce jour-là, Tara sourit.

Les Dinonous se rassemblent autour du nid pour admirer les oisillons.

— Ne vous approchez pas trop, conseille Mme Dé. Il ne faut pas les effrayer.

— Le nid est probablement tombé d'une branche, dit Joshua.

— Tu as raison, dit Mme Dé. Puisque c'est toi qui l'as trouvé, Tara, tu vas le remettre dans l'arbre. Je vais te soulever. Fais attention de ne pas toucher les oisillons.

Mme Dé aide Tara à replacer le nid sur une branche.

— Où est leur maman? demande Albert.

— Je ne sais pas, dit Mme Dé. Mais j'espère qu'elle reviendra bientôt. Les oisillons sont sûrement affamés.

— Moi aussi, dit Brendan.

— Elle va revenir, dit Tara. J'en suis certaine.

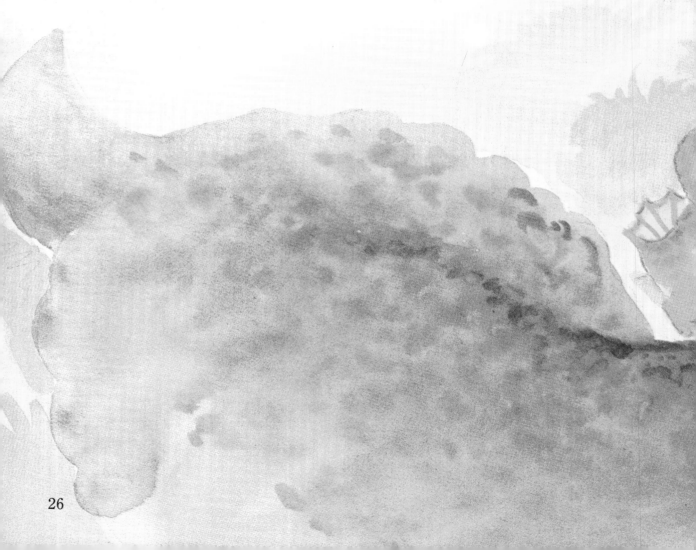

À ce moment-là, la maman oiseau arrive et se pose sur le nid. Après avoir jeté un coup d'œil sur ses petits, elle vole autour de la tête de Tara en gazouillant.

— Je pense qu'elle te remercie, Tara, dit Joshua.

— Oui, dit Tara. Elle dit : « Cui-cui! Merci, merci! »

— À notre retour à l'école, dit Mme Dé, j'aurai le temps de vous raconter une histoire. Sais-tu laquelle, Tara?

— Non, dit Tara.

— *L'histoire de Tara et des oisillons*, dit Mme Dé.
Tout le monde pousse des cris de joie.

Puis Brendan demande à Mme Dé :

— Bon, est-ce qu'on mange, maintenant?

Mme Dé regarde les Dinonous.

— Qu'en pensez-vous? dit-elle. Est-ce qu'il est temps de manger?

Ils crient tous « oui! » d'une seule voix.

Sur le chemin du retour, Tara chante une nouvelle chanson :

Trois oisillons criaient « Cui-cui! »
J'ai ramassé leur petit nid.
Je l'ai vite remis à l'abri,
et leur maman m'a dit merci!